Ce livre appartient à :

Nom :

W0467646

Adresse :

Offert par :

le 201...

martine

en classe de découverte

d'après les albums de Gilbert Delahaye et Marcel Marlier

Il est 8 heures, le soleil
n'est pas encore levé.
Aujourd'hui, Martine
a le cœur qui bat à l'idée
de partir en excursion
avec l'école.
D'une main, elle essuie
la buée de la vitre du car
qui va les emmener.

– Attendez-moi !
Attendez-moi !
C'est Ludo. Ouf ! Il arrive juste à temps, mais complètement à bout de souffle.

– Bouh ! Je me suis trop énervé, maintenant j'ai le mal des transports, déclare-t-il après quelques minutes.

À l'arrivée, une guide
accueille les enfants :

– Bonjour ! Je m'appelle Carine. Je vous propose de partir à la découverte des oiseaux du monde entier. Mais chut ! Il va falloir parler tout doucement pour ne pas les effrayer.

On s'attarde un peu à la
ferme miniature, juste le

temps de jouer à
« je-te-tiens-par-
la-barbichette »
avec le bouquetin.
Mais il faut avancer.

– Voici les perroquets.
Ils appartiennent à la famille
des PSITTACIDÉS.
Ceux-ci s'appellent
les inséparables.

Et celui-là, c'est un ara bleu.
Tous ont un bec puissant.
C'est une véritable pince qui
leur permet de décortiquer
les aliments.

Un peu plus loin, dans l'immense volière, Martine et Ludo tombent nez à nez avec des oiseaux majestueux.

Ce sont

des grues

couronnées.

Elles s'inclinent

profondément en secouant

leur crête, comme pour saluer

les enfants.

– Regardez les ibis rouges. Ils vivent en Amérique du Sud. Et à côté, ce sont les spatules blanches avec leur bec en forme de cuillère.

Tout à coup, un violent orage éclate ! La pluie se met à tomber.

Vite le parapluie !

Comme s'il voulait faire concurrence aux coups de

tonnerre, un savacou se met à pousser des cris rauques et claque du bec.

– Comment faire pour le dessiner, il bouge tout le temps ! s'impatiente Martine.

On quitte la grande
volière pour la serre
tropicale.
Quelle chaleur !
À certains
endroits,
on se croirait
dans le désert.

Ouf, nous voici
à l'air frais.

Un petit moment de détente à la plaine de jeux. Décidément, Ludo n'a pas de chance. Un verre de ses lunettes est tombé.

Heureusement, Martine réussit à le remettre en place.

– Super, je vois mieux qu'avant ! s'émerveille Ludo.

Après le pique-nique,
chacun s'installe dans
l'atelier de bricolage.

Carine distribue de
la terre glaise et
un peu d'eau.
La chouette de
Ludo est très jolie
avec sa tête en forme de
cœur. On dirait qu'elle va
s'envoler.

La guide conduit maintenant
les enfants dans un décor
de ruines médiévales.

Du haut d'une
tour, une chouette
s'envole.
Sans bruit,
elle plane au-dessus
de l'assemblée.
FRRRR !

Ensuite, le dresseur pose la chouette délicatement sur la tête de Sylvie. Cela fait un peu peur.

Mais il n'y a aucun danger : les démonstrations sont longuement préparées.

Vite encore un petit détour par l'étang. Clic clac !

Il est temps de rentrer.

Tout le monde semble bien fatigué. On se compte.

Ludo manque à l'appel.

Par où a-t-il bien pu passer ?

Et Martine ?

Elle est partie à sa recherche.

Voilà le jardinier :

il transporte un oiseau

bizarre dans sa brouette.

– Mais c'est Ludo !

– J'ai glissé en voulant attraper une jolie plume qui flottait sur l'eau, dit-il tout penaud.

Quelle journée !
Nous en aurons
des choses à raconter,
pense Martine.

http://www.casterman.com
D'après les personnages créés par Gilbert Delahaye et Marcel Marlier / Léaucour Création.
Achevé d'imprimer en janvier 2012, en Chine. Dépôt légal : Mars 2010 ; D. 2010/0053/21.
Déposé au ministère de la Justice, Paris (loi n° 49.956 du 16 juillet 1949
sur les publications destinées à la jeunesse).
ISBN 978-2-203-02911-8
N° d'édition : L.10EJCN000230.C003